KB094546

내가 얼마나 당신을
사랑하는지
당신은 알지 못합니다

3

내가 얼마나 당신을 사랑하는지 당신은 알지 못합니다

수잔 폴리스 슈츠 엮음 · 변용란 옮김

3

오늘의책

I Want Our Love to Last Forever
Copyright ⓒ 1994 by Susan Polis Schutz
To the One Person I Consider to Be My Soul Mate
Copyright ⓒ 1999 by Susan Polis Schutz

Translation Copyright ⓒ 2000 by TODAY'S BOOK Publishing Co.
All rights reserved.
Korean edition is published by arrangement with SPS Studio, Inc.
through Imprima Korea Agency.

이 책의 한국어판 저작권은 Imprima Korea Agency를 통해
SPS Studio, Inc.와 독점 계약한 오늘의책에 있습니다.
저작권법에 의해 한국 내에서 보호받는 저작물이므로
무단전재와 복제를 금합니다.

책머리에

이 시집은 아주 특별한 글을 모아놓은 책입니다. 이 책에 실린 글은 시의 모습을 지녔지만, 한편으로는 사랑의 편지이며, 또 축복의 글, 위로와 격려의 글이기도 합니다.

이따금 전혀 기대하지 않았던 순간에, 아주 특별한 기적이 우리에게 찾아들곤 합니다. 별뜻 없이 주고받는 웃음 가운데에서 문득 느껴지는 친근감이 혼자만의 착각이 아니라는 놀라운 깨달음과 함께 우리는 '사랑'을 경험합니다. 내가 이제껏 기다려온 사람, 일생에 단 한 번 찾아오는 진실하고도 감미로운 사랑이 바로 눈앞에 있음을 깨닫는 것입니다. 그러나 이토록 축복이 가득한 관계에도 불안과 갈등이 찾아들 때가 있습니다. 사랑하는 그 사람한테는 아무런 문제가 없는데 왠지 혼자 있고 싶어질 때나, 서로를 너무 지나치게 속박하는 이유가 상대를 너무나 사랑하기 때문이라는 사실을 깨달을 때가 있지 않은가요? 이 책으로 인해 다른 사람들도 자신과 똑같은 고민을 겪는다는 사실을 깨닫게 되면, 놀라면서도 마음을 놓을 수 있을 것입니다.

이 책에 담긴, 왠지 말로 꺼내기 힘들게 느껴지는 오묘한 감정들은, 일생이 다하도록 성장하는 과정 중에 있는 우리 모두의 아름답고도 약한 영혼을 쓰다듬는 선물입니다.

차례

첫번째 이야기 당신은 마침내 내 인생을 바꾸어놓았어요

두번째 이야기 우리 사랑 영원할 수 있어요

세번째 이야기 그대를 사랑하는 것처럼 누군가를 사랑하는 일은 결코 없을 거예요

첫번째이야기

당신은 마침내 내 인생을 바꾸어놓았어요

소중하고 특별한 느낌을 모두 모으면

당신이란 사람이 되죠.

끝없이 샘솟는 애정을 안겨주고,

절대로 사라지지 않는 미소를 전해주는 당신.

내 손이 닿는 곳에 있든,

내 꿈과 희망만이 닿을 수 있는 머나먼 곳에 있든,

당신은 매일 매일 이어지는 내 삶의 일부랍니다.

내 영혼의 친구, 그대

그대가 내 인생의 일부라는 사실이
나는 너무나도 기쁩니다.
그대를 알게 되고,
나를 그대와 공유할 수 있다는 것,
수없이 많은 방향으로 뻗은 아름다운 오솔길을
그대와 함께 걸을 수 있다는 것은
놀라운 특권입니다.

'영혼의 친구'라는 말을 들어본 적은 있었지만
정말로 그런 사람이 이 세상에 존재하리라는 것을
나는 알지 못했습니다.

그대를 만나기 전까지는 말이에요.

그대에게 드리는 약속

언제나 찾아와 편안하게 쉴 수 있는 곳과
늘 믿음으로 바라볼 수 있는 눈빛과
언제라도 손을 뻗어 붙잡을 수 있는 따뜻한 손과
이해는 하되 판단하지 않는 너그러운 마음을
드릴 것을 약속합니다.

기대어 울 수 있는 든든한 어깨와
당신이 원하는 곳이라면 어디든 따라갈 마음도
함께 드릴게요.
우리가 서로 멀리 있을 때에도,
당신이 언제나 마음으로 느낄 수 있는
애틋한 애정도 약속할게요.

문은 언제나 열려 있을 거예요.
따뜻하고 부드러운 포옹도 준비할게요.
오직 그대에게만 바칠 시간의 여유도 함께요.

내 사랑의 그림자까지도 약속드려요.

그대를 떠올릴 때마다

그대를 떠올리며,
나는 매일 아침 육체의 힘을 얻고
매일 저녁 마음의 평화를 얻습니다.
그대에 관한 생각은 늘 경이롭고 자유로워,
내 인생을 뒤덮은 구름을 뚫고
높은 곳으로 나를 데려갑니다.
그래서 그대를 떠올릴 때마다,
이 세상 모든 어려움이 사라지는 것 같아요.

만일 내가 사랑을 안다면,
그건 그대와 함께한 모든 순간 때문이에요.
내 상상 속에서보다 더 가깝게
소원이 이뤄졌던 과거와 현재와 미래.
그대의 특별한 마법의 힘으로,
그대 특유의 놀라운 방식으로,
그대는 나의 하루하루를
더욱 풍요로운 기쁨과 사랑의 시간으로 만들어줍니다.
대부분의 사람들이 꿈조차 꾸지 못할 만큼
근사하게 말이에요.

영원히 내 곁에

어찌 된 영문인지,
우리 인생의 수많은 굴곡 가운데서도,
우리가 놓쳤을지 모를 수많은 기회 중에서도,
우리는 서로 함께할 운명의 순간을 가졌나봅니다.
서로를 만나고, 서로를 알게 되고,
특별한 감정을 품기까지
각자의 마음을 준비하는 순간을…….

그대와 함께 있으면,
내 인생을 더 완벽하게 가꾸어주는
누군가와 함께 있다는 느낌이 듭니다.

그대에게 믿음을 바라면,
그대는 기꺼이 그것을 내게 주지요.
영감과 해답과 용기가 필요할 때,
그대는 내게 실망을 안겨주지 않아요.
그리고 내 영혼에 힘을 불어넣어,
모든 문제가 저만큼 사라진 것 같은 편안함을
내게 선사합니다.

그러면 내 인생에는 기쁨만이
영원히 지속될 것만 같아요.

그대 또한 영원히 내 곁에 머물러주세요.
그대는 내 영혼의 친구임을 느낍니다.
나의 세상은 그대로 인해 힘을 얻으니,
나의 내일엔 그대가 늘 곁에 있어주어야 합니다.
나의 미소는 그대에게 달려 있지요.
그대가 여기 내 곁에 있어주기에
내 마음은 감사로 가득합니다.

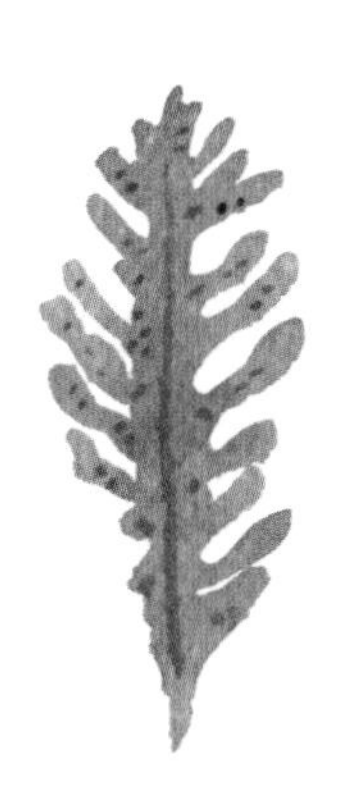

아주 특별한 응답

내 마음과 눈에 비친 그대 모습이
얼마나 아름다운지를
그대가 단 하루라도 잊지 않는다면,
내 마음엔 말로 표현할 수 없는 기쁨이
찾아올 거예요.

그대가 내게 얼마나 커다란 의미인지
전하고 싶지만,
때론 말문이 막힙니다.
그대는 내 안에서
매일 아침 떠오르는 태양이며,
들판에 피어난 가장 아름다운 꽃이며,
생애 최고의 날에 느끼는 행복입니다.

그대는 특별한 기도에 대한 응답이지요.
당신 같은 사람이 내게 꼭 필요하다는 걸
하늘은 알고 있었나봐요.

나의 영혼을 채우는 그대

만일 내가 사랑이 무엇인지 제대로 알고 있다면,
그것은 당신을 알았기 때문입니다.
내가 짓는 미소는 모두 그대 때문입니다.
희망이나 감사, 기쁨이 필요할 때,
그대는 내 마음이 언제나 가고파 하는 곳입니다.

만일 사랑이 무엇인지 내가 알고 있다면,
떠올리기만 해도
나의 영혼을 아름답고 부드럽게 채워주는
그대가 있기 때문입니다.

매일 열어보고픈 선물 같은 그대

내가 이 세상에서 이제껏 경험한
가장 황홀한 느낌은
당신을 사랑하는 감정입니다.

이런 느낌을 보낸
당신에게 고맙다고 말하고 싶어요.

매일 곁에 두고 열어볼 수 있는
선물과도 같은 행복을 안겨준 당신께
감사드립니다.

내가 전하고픈 모든 말에
귀기울이는 당신께
고마움을 전합니다.

가장 은밀한 그대의 비밀을 나와 함께 나누고,
내 감사를 그윽한 눈빛으로 마다하는 당신께
다시 한 번 고마움을 느껴요.

당신은 훌륭한 사람,
늘 친절하고 베풀기만 하는 당신을
나는 존경합니다.

내 인생의 가장 아름다운 불빛이 되어준
당신을
나는 사모합니다.

내 모든 것이 되어주면서도
조금도 내색하지 않는 당신을
나는 사랑합니다.

내 사람, 내 영혼

당신이 없었다면
나는 어떻게 살아가야 할지 몰랐을 거예요.
당신과 함께이기에
나는 너무나 많은 것을 가지게 되었죠.
이토록 달콤한 행복과 사랑까지도…….

소중하고 특별한 느낌을 모두 모으면
당신이란 사람이 되죠.
끝없이 샘솟는 애정을 안겨주고,
절대로 사라지지 않는 미소를 전해주는 당신.
내 손이 닿는 곳에 있든,
내 꿈과 희망만이 닿을 수 있는 머나먼 곳에 있든,
당신은 매일매일 이어지는 내 삶의 일부랍니다.

나는 일생을 줄곧 당신만 기다려왔던 것 같아요.
이제 여기, 내 곁에 있는 당신에게
고백하고 싶어요.
이토록 행복한 적은 정녕 없었노라고.

당신 방식대로 언제나 나를 이해해주는
당신을 사랑합니다.
당신은 내가 늘 원했던 미래가 다가올 수 있도록
마침내 내 인생을 바꾸어놓았어요.

당신은 내가 마음으로 느끼는 것들을
표현할 수 있는 용기를 주었죠.
우리는 하나로 이어진 마음을 나누어 가졌으니,
그 마음이 이 세상 끝나는 순간까지
우리를 지켜줄 거예요.

우리의 사랑은 영원히 간직될 소중한 선물이죠.

내 영혼의 친구인 그대,
내 사람이 되어주어 고마워요.
그리고 또, 나를 사랑해주어서 고마워요.

사랑이 지속될까요?

우리가 인생에서 배우는
가장 소중한 교훈은 바로 이것이죠.

아무리 알려고 애써도
어떤 보답을 받게 될지 결코 알 수 없다는 것.
남은 날 동안 우리는 그저
옳은 일을 하고 있는 건지 고민이나 할 밖에요.
최선의 관계를 유지하며,
내일을 향한 최선의 길을 따라가야겠죠.
하지만 우리에게 어떤 보답이 주어질지는
아무도 장담하지 못해요.

우린 서로 무엇을 해야 할지,
어떤 일이 다가올지 궁금해하겠죠.
시간이 흐르면 결과는 나타나겠지만,
그 무엇보다 중요한 건,
옳은 길로 달려가기 위한
모든 것이 우리한테 달려 있다는 거예요.
우리가 서로에게 품고 있는 사랑에 말이죠.

때론 당신과 내가 어디로 가는지
불안에 떨며 헤맬지도 모르고,
우리의 사랑이 평생 지속될지
의심할지도 몰라요.
우리의 결말이 어떻게 될지는 알 수 없지만,
내가 아는 한 가지를 당신에게 알려드릴게요.

내가 영원한 시간을
함께 보내고 싶은 사람은
오직 당신뿐이라고.

그대를 사랑한다는 말을 할 때마다

그저 말뿐인 두 마디 고백이 아니라
나는 훨씬 더 많은 것을 전하고 싶습니다.

그대가 전해주는 너무나도 멋진 느낌을
고스란히 표현하고 싶습니다.

그대는 이 세상 누구보다
내게 커다란 의미를 갖고 있다는 말을
전하고 싶습니다.
내가 그대를 얼마나 원하고 필요로 하는지
내가 그대를 얼마나 좋아하는지
우리가 함께한 시간을 얼마나 소중히 여기는지
그대에게 들려주고 싶습니다.

그대를 떠올릴 때마다
내가 얼마나 황홀한 생각에 사로잡히는지
그대에게 설명하고 싶습니다.

'그대를 사랑한다'고 귓가에 속삭일 때마다,
그대는 내가 이제껏 받은 최고의 선물이라는 것을
그대에게 속삭이고 싶습니다.

우리 둘만의 다리

내가 원하는 관계가 어떤 거냐구요?

느낌이 통하길 원해요.
무엇이든 나누고 싶어요.
언제나 그곳에서,
우리 둘 사이를 이어줄 아름다운 다리를 원해요.
언제나 든든하게, 언제나 열려 있고,
언제나 우리 둘만을 위한 그런 다리를.

터놓고 얘기하고 싶어요.
우리 둘만의 느낌이 통하는 그런 언어를 원해요.
말로 전해지는 의미보다
더 많은 것을 전해주는 손길을 원해요.
문제가 크든 작든,
우리는 대화로 풀어나가길 원해요.
전보다 훨씬 더 당신 가까이에 있고 싶어요.

두 사람이 소중하게 간직할
추억을 만들 수 있는 것들을 원해요.

우정을 원해요. 사랑도요.
부드러움을 원해요. 강인함도요.
모든 이를 골고루 비추는 내일의 태양 같은
행복을 원해요.

당신에게 집이 되고 싶어요.
당신도 내 집이 되어주세요.

언제나 바라볼 수 있도록,
내가 가장 보고 싶어하는 사람의
눈동자에 아름답게 어린 미소를
마음 깊이 간직하고 싶어요.

나는 내가 찾고 있던 것을 찾았어요.
그러니 이제,
내가 가장 하고픈 것은
당신에게 고백하는 것뿐이에요.
내가 얼마나 당신을 사랑하는지…….

절대로 변하지 않을 한 가지

인생은 정말 예측하기가 어렵죠.
크게든 작게든
변화는 언제나 찾아들어
우리를 때로는 슬쩍 밀치기도 하고,
가끔은 우리 생활을 뒤죽박죽 만들어버리기도 해요.
너무 미묘해서 거의 느끼지 못하기도 하고,
너무 엄청나서 감당하기 힘든 변화도 있어요.

하지만 인생의 모든 변화와 굴곡을 거치면서도
내겐 절대로 변하지 않을
한 가지 사실이 있어서 정말 기뻐요.

스쳐가는 인생의 순간마다,
어제는 이미 지나갔고
곧 내일이 오리라는 걸 난 알고 있어요.
앞으로 다가올 나날에
내가 기댈 힘이 되는 한 가지,
그것은 과거에도 매번 나를
지켜주는 힘이었어요.

당신은 든든하고 강인하며,
아름다운 내 인생의 일부랍니다.
늘 변함없이 베푸는
당신의 이기심 없는 마음과
든든한 미소가
늘 나를 경이롭게 해요.

당신의 마음이 내 영혼 깊은 곳에
스며들었다는 걸 아시나요.
당신을 향한 나의 특별한 감정은
변함없이 영원히 지속될 거예요.

언제나 당신을 사랑할 거예요

무슨 일이 닥쳐오더라도
나는 그대를 평생토록 사랑할 거예요.
내 감정은 강인하고 진실하게
오래도록 지속될 거예요.
우리의 내일엔 수많은 약속이
기다리고 있다는 걸 알아요.

이 세상 어느 연인보다도
행복해질 기회가
우리에게 주어졌다고 생각해요.
만일 단 한 가지 소원을 빌 수 있다면,
이렇게 빌고 싶은 이유도, 바로 그 때문이죠.

제발이지,
계속해서 나를 사랑해달라고.

무슨 일이 닥쳐오더라도,
우리의 사랑을 튼튼하게 지켜나가기만 한다면,
나머지는 문제없이
해결할 수 있을 테니까요.

온 마음으로 귀를 열어요

그대를 너무나 좋아해요.

그대를 아끼고 좋아하는 마음은
말로 표현하기에도 아까울 만큼
소중한 의미를 갖고 있죠.

그렇지만 이것만은 말할래요…….

'좋아한다'는 말은
언제나 그대를 이해하기 위해
모든 노력을 아끼지 않는다는 뜻이에요.

그대에게 절대로 상처를 주지 않겠다는 것과,
그대가 나를 믿어도 좋다는 의미예요.

당신이 내 허물을 꼬집어도
기꺼이 바꾸려 노력하겠다는 의미이며,

당신이 나를 필요로 할 때 귀기울이고,
당신이 가장 힘든 순간에
바로 곁에 있겠다는 의미랍니다.

당신은 그저 한마디만 하면 돼요.
당신과 내가 잡은 손은
절대 떨어지지 않을 거예요.

미소를 머금었든
눈물을 삼키었든,
당신이 내게 하는 말이라면
난 온 마음으로 귀기울일 테니까요.

당신의 매력

무엇인지는 정확히 알 수 없지만
당신에겐 뭔가 아주 특별한 것이 있어요.

겉으로 드러나는 부분 때문인지도 모르겠어요.
모든 사람이 감탄하는 당신의 매력 말이에요.
인격과 능력 같은 것들,
따뜻하고 너그러운 마음에서 우러나오는
그 멋진 미소도 포함되겠죠.
다른 사람들과 구분되는 당신만의 장점 말이에요.

어쩌면 당신의 큰 생각 때문인지도 몰라요.
옳은 일이라면 천릿길도 마다하지 않고 달려가는
당신만의 방식이지요.
아름다운 내일을 위해
미리 오늘을 준비하는 마음가짐.
어쩌면 작은 배려 때문인지도 모르죠.
마음과 마음을 나누는 다정한 말들.
말하지 않아도 이해해주는 마음.
즐거움을 함께 나누는 너그러움.

당신을 그토록 특별하게 만드는
비밀은 바로, 아니
아마도 그건 이 모든 것이 합해져
이 세상에서 가장 소중한 것이
되었기 때문일 거예요.
우정과 사랑,
현실로 이루어지는 꿈,
강렬한 느낌,
부드러운 대화,
세심한 관심,
웃음,
누구든 저 하늘의 별보다 찬란하게
빛날 수 있다는 걸 인정하는 넉넉함.

당신은 정말 놀라운 사람이에요.

당신이 얼마나 특별한 사람인지 알아차리는
은총을 받은 나 역시
운이 좋은 사람이죠.

당신이 내게 얼마나 중요한 존재인지 아시나요?

당신이 내게 어떤 의미인지
이따금씩 궁금해할 것을
나는 압니다.

이제 내 생각을 당신에게 보여드릴게요.
당신은 내게 온 세상입니다.

당신이 살아가면서 절대 없어서는 안 될 것을
떠올려보세요.
그것에 100을 곱한 만큼이 내 마음이랍니다.

행복이 당신에게 어떤 의미인지 생각해보세요.
거기에 당신이 이제껏 가장 행복했던 날의 느낌을
더해보세요.

당신이 경험했던 최고의 느낌을 모두 모은 다음
나머지는 모두 지워버리세요.
당신에게 남아 있는 그 느낌이 바로
내가 당신에게 느끼는 감정이랍니다.

당신이 상상하는 것보다,
내가 설명할 수 있는 능력 이상으로,
당신은 내게 훨씬 더 큰 의미랍니다.

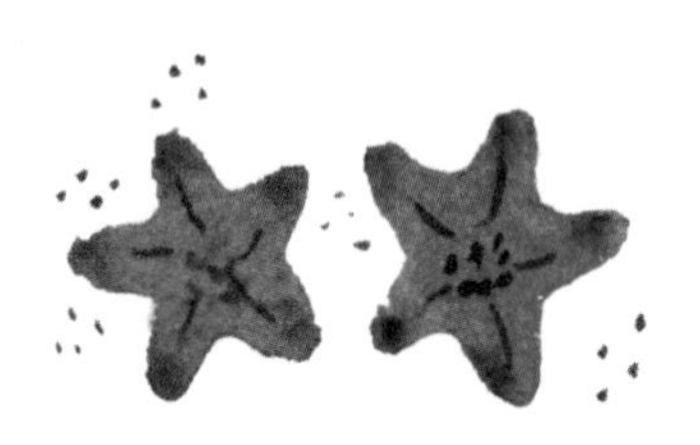

당신에게 들려주고픈 비밀

오늘, 그리고 나중에도 이따금씩
내가 그대를 얼마나 사랑하는지 되새길 수 있도록
그대에게 이 얘길 들려주고 싶어요.

당신이 내게 준 추억이
내 인생에서 가장 소중한 보물이라는 것,
우리가 함께 나눈 사랑은
말로도, 미소로도
헤아릴 수 없다는 걸 알려주고 싶어요.

사랑의 느낌은 너무나 감미롭고,
추억 역시 너무나 달콤해요.

난 그대에게 이 얘길 들려주고 싶어요.
그대가 심어준 온유와 경이는
그 어떤 느낌과도 비교할 수 없다는 걸.
매일매일 그대에게 속삭이더라도,
그대와 함께라는 사실이 얼마나 기쁜지
말로는 제대로 표현할 수 없을 거예요.

난 그대에게 이 얘길 들려주고 싶어요.
그대에 대한 생각에 푹 빠져서
말없이 마음으로만 그대에게 고마움을 전해도
그대는 내 마음을 읽어주길 바라요.

난 그대에게 이 얘길 들려주고 싶어요.
내 행복의 전부는
우리의 꿈이 실현되는 데서
비롯된다고 말이에요.

그대에게 적당한 표현을 찾을 때까지는

그대가 내게 얼마나 중요한 사람인지,
그 이유를 손꼽으려면
아마 평생이 걸릴 거예요.

내가 표현하고픈 모든 감사의 말과,
나를 받아준 그대에게 느끼는
깊은 신뢰감에 꼭 맞는 말을 찾으려면
끝없는 시간이 필요할 거예요.

우리가 함께 나누었던 황홀한 시간 동안
그대가 내게 주었던
행복의 반만큼이라도 갚으려면
영원이라는 시간이 필요할 거예요.

하지만 영원이라는 시간이
우리 앞에 다가올 때까지,
우리의 인생이 다할 때까지,
내 미소가 의미하는 나의 애틋한 마음을
말로 표현할 기회를 끝없는 시간 속에서 찾을 때까지,

그 어떤 느낌보다 부드럽게
그대를 내 마음에 가두어놓을 거예요.
그 어떤 생각보다 다정하게
그대를 내 영혼에 머물게 할 거예요.
그래서 그대가 결코 알지 못할 만큼,
그대의 존재를 축복으로 느끼며 살아갈 거예요.

항상 별빛으로 빛나는 당신

당신에게 감사하고 싶어요.
그것도 아주 많이.
당신을 사랑하고 싶어요.
내 모든 미소와 감미로운 손길로.
당신이 얼마나 멋진 사람인지 얘기하고 싶어요.

그리고 고백하고 싶어요.

당신은 내가 별을 바라보며
비는 소원이라고…….

내게 이런 기분을 안겨줄 사람은
오직 당신뿐이라는 걸 알아주세요.
그리고 기억해주세요.
오늘 하루가 모두 지나가고
입맞춤의 여운이 사라진 뒤에도,

앞으로 다가올 '항상'이라는 말과
'영원'이라는 말 속엔
여전히 당신을 사랑하고
당신이 준 기쁨에 감사하는
내가 자리잡고 있다는 것을…….

언제나 그 자리에서

그대를 위해 내가 되고 싶은 것은
수천 가지가 있지만,
그래도 가장 중요한 것은
그대가 언제라도 말을 건넬 수 있는
그 누군가가 되는 거예요.

그대를 위해 내가 하고 싶은 일과
그대에게 얘기하고, 주고, 나누고 싶은 것들이
너무나 많답니다.

하지만 오늘은
이것만 말씀드리겠어요.
내가 줄 수 있는 모든 사랑에 더하여,
내 목숨이 다하는 날까지
그대의 친구가 되겠노라고.

난 언제나 그 자리에서
언제나 당신을 지켜보고 있을 거예요.

내 안의 작은 공간에는

내 안에는 작은 공간이 하나 있어요.
가장 달콤한 꿈이 자리잡은 곳,
가장 높은 희망이 꿈틀거리는 곳,
가장 깊은 감정이 살아 숨쉬는 곳,
그리고 가장 멋진 추억이
소중하게 간직되어 있는 곳이죠.

내 마음은 끝없는 행복의 원천이랍니다.
세상에서 가장 특별한 것들만 그곳으로 들어와
영원히 머물거든요.

내 마음에 간직된 희망과 감정과 추억들을
어루만져볼 때마다,
나는 깨달아요.
당신이 내 인생을 얼마나 아름답게
어루만져주었는지를.

태양 가득한 기쁨

내 인생에 당신이 존재한다는 것이
얼마나 큰 기쁨인지.
당신이 내게로 온 뒤로
예전과 같은 것은 아무것도 없어요.
앞으로도 두 번 다시
예전과 같아지진 않으리라는 것도 알아요.

당신을 너무나 사랑해요.

당신은 언제나 내 안에서
내 마음을 따뜻하게 해주고,
나를 둘러싼 세상 어디에든
존재하죠.
당신은 늘 다정하게 나를 찾아와요.

당신은 한 번도 가보지 못했던 곳으로
내 영혼을 인도하죠.
당신은 내가 상상도 못하는
많은 것을 주는 사람이에요.

너무나 아름다워서
열어보기 꺼려지는 선물처럼,
당신은 그런 느낌을 내게 주어요.
당신이 내게 준 선물 가운데에서,
가장 멋진 선물은
당신과 이토록 가까이 있을 수 있다는 기쁨이랍니다.

희망과 기쁨과 사랑이라는
당신의 놀라운 선물로 인해,
나는 예전엔 그리 믿지 않았던 것들을
믿는 사람으로 바뀌고 말았어요.

간혹 내 눈빛에 미소와 눈물이
함께 어리는 것을 보게 된다면,
그건 내 마음에 온통 행복이
가득 차올랐기 때문일 거예요.

당신으로 인한 내 인생에
대한 감사의 눈물이죠.

사랑할 당신이 있다는 것

당신은 나만의 특별한 기적이랍니다.

우리가 함께한 날들은 내게 내려진 축복이에요.
우리가 만든 추억은 나의 보물이지요.
우리가 함께라는 사실은
내 꿈이 이루어진 거예요.
우리가 서로 나눈 이해는
당신이 아니었다면
결코 갖지 못했을 경험이지요.

당신이 내 인생에서 어떤 영역이냐고
만일 누가 묻는다면,
나는 주저없이 그들을 바라보며
미소로 대답할 거예요.
'최고의 영역'이라고.

당신이 내게 준 행복은
나 혼자서라면
결코 누리지 못했을 거예요.

내 세상에 당신이 존재한다는 것은
참으로 고마운 일이죠.

사랑할 당신이 내게 있다는 것 또한
감사한 일이에요.

감미로운 그대의 흔적

그대는 다른 어떤 것보다
자주 내 마음을 찾아오죠.
때로는 일부러
내 마음에 그대를 불러들이기도 해요.
나를 위로하거나,
마음을 따뜻하게 하거나,
그냥 나의 하루를 좀더 밝게
만들기 위해서예요.

그런데도 내 마음을 찾아오는
그대의 방식에 놀랄 때가 많아요.

한밤중에 깨어나
꿈속의 그대가 남긴
감미로운 흔적을
새삼스레 깨달을 때가 있죠.

한낮에도
평화로운 순간이 찾아와
내 상상의 나래가
자유롭게 펼쳐질 때면,
나는 어김없이 그대 품으로 달려가
그곳에서 오래 머물곤 해요.
그것말고는 달리 하고픈 일이
없으니까요.

내 생각은
마음에 품은 사랑의 희망이
투영된 것임을 알아요.
방황하던 생각은
언제나 나를
그대에게 데려다주니까요.

손을 잡을 때의 행복

그대 눈가에 머문 행복을
볼 수 있다는 것만으로도
나는 아주 커다란 기쁨을 느껴요.

그대를 바라보며,
우리가 함께 나누어 가진 것을 돌아보는
행복함을 나는 사랑합니다.

내 인생엔 그런 순간들이 필요하죠.
그대의 선량함과 베푸는 마음과,
우리가 만들었던 모든 추억이
내겐 필요해요.
그대와 한 약속과 계획,
그저 당신 손을 잡는 것만으로도
선물을 받은 듯한 소중한 느낌이
전해져요.

내가 상상하는 모든 소원이
실현될 수 있다면 얼마나 좋을까요.
하지만 내 마음 깊은 곳에선,
그 모든 소원이 필요없답니다.
내가 원하는 모든 것,
그것은 당신과 함께하는 것이니까요.

두번째이야기

우리 사랑 영원할 수 있어요

행복할 때나 힘겨울 때나 변함없이

서로에게 튼튼한 버팀목이 되어주고

스스로에게, 또 서로에게

늘 기쁨과 즐거움을 안겨줄 수 있어야 해요.

언제나 이 세상에서

서로를 가장 소중한 사람으로 여기며,

우리가 서로에게 느끼는 사랑이

가장 소중한 감정이라고 믿어야 해요.

가끔 화내서 미안해요

일이 잘 안 풀리긴 했지만,
가끔 나답지 않게
조바심 내고 좌절해서 미안해요.
당신도 마음에 걸리는 일
있으리라는 것 알아요.
내가 당신한테 화낼 권리는 없죠.
내가 화를 냈던 건
그저 일이 잘못되는 이유를
이해하기 힘들었기 때문이에요.
공연히 당신에게 화를 내고
마음 상하게 해서 미안해요.
당신이 너그럽게 나를 이해하고
용서해주길 바라요.

베서니 진 브레빅

우리가 바라기만 한다면
우리 사랑은 영원할 수 있어요

나는 그대와
영원한 관계를 원합니다.
그러려면 우리 두 사람의 노력이
많이 필요하다는 걸 알아요.
서로를 기쁘게 하고
서로를 도와주며,
정직하고 솔직한 마음으로
서로를 있는 모습 그대로
받아들이는 노력이 필요하겠죠.

두 사람의 소망이 건강하다면
우리 사랑은 영원할 수 있어요.
서로 개성을 지켜주면서
상대방과 하나 되려면
무던한 노력이 필요할 거예요.
행복할 때나 힘겨울 때나 변함없이
서로에게 튼튼한 버팀목이 되어주고
스스로에게, 또 서로에게
늘 기쁨과 즐거움을 안겨줄 수 있어야 해요.

언제나 이 세상에서
서로를 가장 소중한 사람으로 여기며,
우리가 서로에게 느끼는 사랑이
가장 소중한 감정이라고 믿으며,
우리 사이는 두 사람이 만들어가는
가장 진지하고 의미 깊은 관계라는 것을
언제나 가슴에 새기도록
끊임없이 노력해야겠죠.

영원한 관계를 만들어간다는 것이
늘 그렇게 쉬운 일은 아니지만
열심히 노력한 결과가
영원히 변함없을 사랑이 넘치는
아름다운 '우리' 가 될 수 있도록
노력하는 건 그리 어렵지 않을 거예요.
그대를 사랑하니까요.

수잔 폴리스 슈츠

서로에게 좀더 인내심을 가져요

대부분의 관계는
힘겨운 시기를 거치기 마련이죠.
두 사람 가운데 누군가 힘겨워할 때,
잠시 한 걸음 뒤로 물러나
마음을 다치지 않을 한 마디 조언이나 행동을
곰곰이 떠올려보는 것이 중요한 이유도
바로 그 때문이랍니다.
그 사람에게 필요한 것은
스스로를 헤아려볼 시간일 뿐,
당신을 거절하는 게 아니라는 걸
잊어서는 안 되죠.
당신이 가만히 침묵하더라도,
그것은 그 사람과 함께이길
원치 않아서가 아니라,
단지 힘겨운 시기를 헤쳐나갈
지혜를 떠올리고 있기 때문일 거예요.

서로에게 좀더 인내심을 가져봐요.
그러곤 서로의 속마음을 존중하며
말없이 지켜보세요.
두 사람이 각자의 마음에
내면의 힘을 길러낸다면,
훨씬 더 슬기롭게
어려운 시기를 견뎌낼 수 있을 테니까요.

셜린 A. 포스턴

힘겨운 시기를 견뎌내는 것은 사랑의 소중한 일부분

우리가 처음 만났을 때를 기억하나요?
그때 우리 사이가 얼마나 가까웠는지,
둘이 함께라는 걸
얼마나 기뻐했는지 기억하나요?
우리 둘이 함께라면,
온 세상을 우리 것으로
만들 수 있을 것만 같았죠.

때론 좀더 자주
그때의 그 느낌으로
돌아가고 싶다는 생각을 합니다.
우리 사이가 왠지 멀어진 것 같으니까요.
우리가 처음 만난 이후로
너무나 많은 일이 벌어졌어요.
예전엔 우리 인생이 단순했죠.
하지만 이젠
서로 많은 책임을 나누어 가졌습니다.

우린 많은 변화를 함께 겪었지만
한 가지는 조금도 변함이 없어요.
당신과 나의 사랑 말이에요.
그대가 여기 내 곁에 있는 한,
나와 함께 사랑을 키워가고 있는 한,
다른 어떤 역경도 두렵지 않아요.

모든 게 왠지 좀더 힘겹게 느껴지는 요즘에도,
불과 얼마 전에 우리를 하나로 만들어준
바로 그 사랑이,
우리가 고난을 헤쳐나갈 수 있는
힘이 됨을 알기에
마음을 편안히 가질 수 있답니다.

제니퍼 넬슨-펜윅

사랑이 충만한 관계를 위한 비결

– 즐길 것!
– 온 마음을 다해 서로 사랑할 것.
– 받는 것보다 많이 줄 것.
– 그 사람과의 관계를 절대로 당연하게 여기지 말 것.
– 마음의 문을 활짝 열고 진정한 대화를 나눌 것.
– 믿음직스럽고 명랑하며 친절하고 진심으로 대할 것.
– 사소한 것, 특별한 것에 모두 감사할 것.
– 둘이 함께 보내는 시간이 보물처럼 소중함을 깨달을 것.
– 매일 매일 주어지는 것들을 소중히 여길 것.
– 마주 잡은 손의 온기보다 달콤한 것은 없음을 깨달을 것.
– 두 사람 모두 가고 싶어하는 방향으로 함께 걸을 것.
– 무슨 일이든 전폭적으로 지원해주고,
변화를 받아들이는 겸허한 마음을 가질 것.
– 언제나 성장하기를 멈추지 말 것.
– 쉽게 찾아오지 않는 소중한 기회를 잡았음을
축복으로 여길 것.
– 오랫동안 노력해서 이루어지는 꿈을 가질 것.
– 행복할 땐, 서로의 미소를 나누어 가질 것.
– 슬플 땐, 서로의 전부가 되어줄 것.

– 둘이 함께하는 시간이 양적으로 많지 않을 땐,
질적으로 만회할 것.
– 한낮에 전화해서 '사랑한다' 고 말할 것.
– 유머감각을 잃지 않으며, 항상 희망을 품고 살 것.
– 일이나 근심 따위가 둘 사이에 끼어들지 못하도록 할 것.
– 포근한 안식처와 축복을 전해주는 사랑을 가꿀 것.
– 매순간을 전보다 더 소중하게 만들 것.
– 두 사람이 함께라는 것이 얼마나 행운인지 깨달을 것.
– 두 사람이 함께 만들 수 있는 최고의 추억을 만들어갈 것.

케이시 윌슨

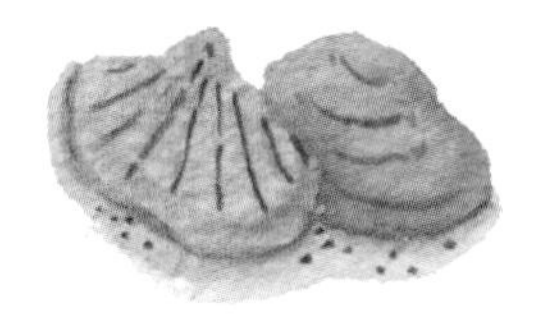

누군가를 사랑한다는 것은 일생의 가장 큰 선물

누군가를 사랑한다는 건
사랑 이외의 모든 감정을 경험하고도
다시 사랑으로 돌아올 수 있다는 걸 의미하죠.

누군가를 사랑한다는 건
상처와 아픔을 느끼고도
그 마음을 극복한 뒤
모두 잊을 수 있다는 걸 의미해요.

누군가를 사랑한다는 건
상대방이 완벽하지 않다는 걸
깨닫는 것.
단점이 눈에 보여도,
내가 사랑하고 좋아하는 부분만 바라보며,
있는 그대로의 그 사람을
기쁘게 받아들일 수 있어야 해요.

누군가를 사랑한다는 건
자신의 감정을 위한
튼튼한 기반을 쌓는 것.
하지만 조금은 흔들릴 여유도
남겨놓아야 하죠.
성장과 경험과 배움을 위해선
늘 똑같게만 느껴서는 안 되니까요.

누군가를 사랑한다는 건
새로운 생각과 사실을 받아들이는 것에
대범해지는 것.
누구든 변하지 않는 사람은 없지만,
그런 변화는 서서히 일어난다는 것을
알아야 해요.

누군가를 사랑한다는 건
가슴이 아플 때까지 끊임없이 주는 것.

두 사람이 나누어 가질 수 있는
가장 위대한 선물은 믿음과 이해랍니다.
그것은 사랑으로부터 생겨나죠.
사랑은 자신을 110퍼센트 주고서도,
보답으론 살며시 돌아오는 미소 하나면
족하다고 생각하는 거랍니다.

누군가를 사랑한다는 건
"나 여기 있어요,
내 모든 마음을 다해
당신을 사랑해요."라고 말하며,
자신을 완전히 바치는 것.
인정받기 위해 안간힘을 쓰고 고민하며
자신을 바꾸려 드는 게 아니랍니다.
상대방이 자신의 좋은 점을 발견하고
단점을 포용할 수 있도록
스스로를 개발하는 것이죠.

테레사 M. 리치스

사랑은 변화를 지켜보는 거예요

누구든 완벽한 사람은 없어요.
그러니 완벽한 관계도 있을 수 없죠.
혹시 길을 잃고 헤매느라
조금 힘들어지더라도
용기를 잃거나 환멸을 느끼지는 마세요.
중요한 건 우리 사랑이
절대 잘못될 리 없다는 거예요.
내가 그대를 사랑하고
또 깊이 이해하니까요.
우리가 각자 계속 성장하고 변해간다면,
우리 관계도 계속 성장하고
아름답게 변해갈 거예요.
우리 관계의 중심엔 언제나
서로에 대한 아주 깊은 존경과 사랑이 존재하기에,
우리 사랑은 매일 매일
더욱더 강인하고 아름답게
자라날 게 틀림없어요.

수잔 폴리스 슈츠

서로 마음을 털어놓는 것은
우리가 소유한 가장 커다란 힘입니다

흉금을 터놓는 대화는
모든 인간을 맺어주는
마법의 고리랍니다.
침묵의 강을 건너
우리의 마음과 생각을 전해주는
다리와도 같은 것.
대화가 없다면,
오해와 추측만이 난무하는
현실 속에 남겨져야겠죠.

모든 관계에서
대화는 힘의 원천입니다.
스스로를 표현해
개성을 드러내는 힘이죠.
글로 적든, 말로 하든,
마음을 털어놓는 대화는
진실을 전하는 유일한 방법입니다.

대화가 없다면,
인생은 해답 없는 질문으로 가득 차
끝없는 오해의 사슬이 온 세상을
얽어매게 될 거예요.

서로 마음을 털어놓는 것은
우리가 소유한 가장 커다란 힘입니다.
그 가치를 소중히 여기며
온 마음을 다해 지켜나가야 할 힘이랍니다.

켈리 D. 캐런

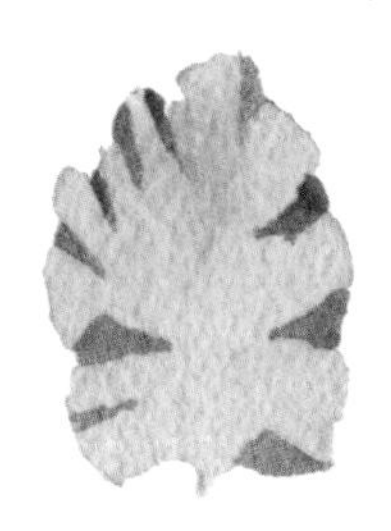

그대와 나누는 느낌

그대를 위해서,
그리고 우리를 위해서
내가 할 수 있는 최선의 길은
내가 느끼는 그대로를
그대에게 말하는 것일 거예요.
그대에겐 별것 아닐지도 모르지만,
내겐 몹시 소중한 일이랍니다.

내 느낌이 진실하다면
그 마음을 표현하는 말이
진부하든 참신하든 상관없어요.
중요한 건 그대와 나눈다는 것이죠.

내 느낌이 진실하다면
그 마음을 표현하는 말이
행복이든 슬픔이든,
분노든 애정이든 상관없어요.
중요한 건 그대와 나눈다는 사실이에요.

내가 느끼는 그대로를
그대에게 말할 때마다
우리는 좀더 서로를 이해하는 마음으로
서로에게 다가가는 거예요.
내 느낌은 대부분 그대의 느낌과
거울처럼 닮았지만,
간혹 서로 다를 때에도
대화를 통해
차이를 좁혀나가는 것이 중요해요.
말을 꺼내는 것이 언제나 쉽지는 않지만
가장 중요한 것은
그대와 느낌을 나눈다는 것이에요.

린다 새킷-모리슨

먹구름이 우리 앞길을 막는다 해도, 우린 태양처럼 영원히 빛나기로 해요

수많은 구름이 앞을 가려도
태양은 언제나 쉬지 않고 빛나고 있다는 것을
우리 모두 알고 있죠.
아무리 짙은 구름에 가려도
태양은 언제고 다시 나타나
전보다 더 밝은 빛으로 우리를 비추죠.

우리가 함께하는 인생에도
가끔 먹구름이 끼어들지만,
먹구름이 지나갈 때까지 견디려면
계속해서 빛을 발하는 태양처럼
굳은 마음과 인내가 필요해요.
하지만 결국엔 보답을 받기 마련이죠.
우리의 사랑과 태양 사이엔
공통점이 많거든요.
무슨 일이 있어도
빛나기를 멈추지 않는다는 것 말이에요.

바바라 J. 홀

사랑은 우리만의 역사예요

사랑엔 시간이 필요합니다.
마음을 주고받으며 울고 웃는
역사가 필요해요.
사랑엔 애정을 품고
적극적으로 귀기울여주는
마음이 중요합니다.
그 사람의 행복과 안녕과
편안함을 위한 일이라면
무엇이든 받아들이고 행동할 수 있어야 하죠.
그래서 때로 사랑은 아프기도 합니다.
가끔은 의견충돌도 있고
괴로운 감정도 존재한다는 걸
깨닫고 받아들이는 게 사랑이랍니다.
때론 서로 멀어져 서먹할 때도 있지만,
사랑은 약속이에요.
그 사람을 믿고 모든 것을 견뎌내겠다는
약속 말이에요.

바브 업햄

서로 반대라서 끌리는 우리 두 사람

내가 '네'라고 말할 때,
당신은 '아니오'라는 대답을 떠올리죠.
내가 문제를 해결할 방법을 하나 떠올리면,
당신은 전혀 다른 방법을 생각해내죠.
때론 서로에게 흥분하지만,
우린 서로를 이해하죠.
우린 최고의 친구이거나,
최대의 적이 될 수도 있어요.
우린 서로를 위로하고
아낄 수 있는 사람들이죠.
하지만 아무 생각 없이
냉정하고 무감각해질 수도 있어요.
우린 무정하면서 상냥할 수 있듯이,
수천 가지 모순된 감정을
함께 지닌 사람들이죠.

우린 각기 다른 시간에 각기 다른 기분으로,
인생을 살아가는 방법도 서로 달라요.

하지만 마음 속 깊은 곳에선
서로에 대해 아주 특별한 사랑의 감정을
느낄 수 있죠.
기분이 좋을 때나, 나쁠 때나,
우리 스스로 만든 반대의 상황에서
미치도록 마음이 아플 때에도,
우리 사랑은 우리를 지켜줄 거예요.

벤 대니얼스

힘겨울 때마다 우리를 지켜주는 힘,
그것은 사랑

사람 사이의 관계란
언제나 쉽지 않습니다.
우리는 너무나 많은 문제에 부딪히고
셀 수 없이 여러 번 고민에 빠집니다.
그러나 최악의 순간에조차
우리가 함께라는 것을 떠올리면,
우리 인생에 어떤 고난이 닥치더라도
당당히 맞설 수 있는
힘과 용기가 생겨납니다.

나는 평생에 단 한 번뿐인
소중한 사랑을 찾았으며,
우리의 만남이 일생을 헌신할 만큼
소중한 관계임을 믿습니다.

만일 우리가 함께 노력한다면,
좀더 애틋하게
좀더 절실하게 서로를 껴안는다면,

우리가 지금 누리는 것을
영원히 지킬 수 있으며,
두 사람이 함께라면
무엇이든 이겨낼 수 있습니다.
사람 사이의 관계는
언제나 쉽지 않지만,
우리 관계는 어떠한 대가라도
치러낼 만큼 고결하며,
그대와 나의 사랑은
늘 변함없이 우리를 지켜줄 것입니다.

딘 로라 길버트

말다툼은 비껴가세요

사랑하는 사람과 의견이 부딪힐 땐,
상황을 여러 면에서
다시 한 번 곰곰이 생각하는 여유를
갖는 것이 최선의 방법이죠.
스스로를 변명하기 전에
먼저 마음을 열고
그 사람 얘기를 듣는 자리를 만들어보세요.
모든 문제엔 한 가지 이상의
해답이 있기 마련이죠.
두 사람 모두 새삼 깨닫게 되는
그럴 만한 상황이 있었을 거예요.

문제가 해결될 수 있다는
가능성에 마음을 열고,
두 사람이 조금씩 양보하면
풀지 못할 상황은 없다는 것을 믿으며,
서로에게 기꺼이
귀를 기울여야 해요.

본격적으로 말다툼을 벌이기 전에
서로의 생각과 감정을
가만히 돌이켜볼 여유를 가지세요.
이 세상 모든 일엔
저마다 독특한 면이 있기 마련이죠.
성급하게 결론을 내리기 전에
진정으로 완전히 이해했는지
스스로 곰곰이 생각해보는 것이
중요하답니다.

디나 베이서

그대를 사랑하는 만큼 때론 혼자이고 싶어요

때론 나 홀로 있을 작은 공간이 필요합니다.
숨쉴 수 있는 공간과
나만을 위해 주어진 시간이 필요해요.
그대를 사랑하지 않아서가 아닙니다.
때론 그저 잠시 혼자 있고 싶을 뿐이죠.
스스로를 재충전해야만
좀더 나은 사람이 될 수 있답니다.
그대나 우리의 사랑에 관해
고민하려는 것이 아닙니다.
그저 나를 위해 약간의 고독이
필요한 것뿐이죠.

때론 문득 뒤로 물러나 앉아 긴장을 풀고,
내 주변에서 일어나는 모든 것을 돌아보며,
나의 느낌과 생각을 정리할 필요가 있답니다.
가끔 혼자만의 시간을 갖는 것은
숨쉬는 것만큼이나 중요하지요.
스트레스가 쌓일 때에도
앞으로 나아갈 수 있는 힘이 되니까요.

때론 한 걸음 뒤로 물러나 멀찌감치 떨어져
다급한 일에 정신을 쏟을 필요가 있답니다.
내가 그대의 이해를 가장 절실히 필요로 하는 때가
바로 그런 때입니다.
연인으로서만 아니라
한 사람의 친구가 필요할 때죠.

그런 때가 와도,
내가 여전히 그대를 사랑한다는 것만은 알아주세요.
나는 변함없이 그대를 소중히 여기며,
그대가 행복하기를 바랍니다.
다만, 나 자신을 사랑하며 소중히 여기지 않고는,
그대를 제대로 사랑할 수 없기 때문이랍니다.

도나 림스

나를 향해 절반만 와주겠어요?

우리 두 사람 사이에 흐르는
긴장과 침묵을 건너뛸 수 있는
이해의 길을 따라
나를 향해 절반만 와주겠어요?

행복했던 지난날을
떠올리며

이제는 너무나 멀게만 느껴지는
그 모든 애틋한 사랑의 감정을
다시 붙잡으려 노력하며

너무나 연약하고 미숙했던
사랑의 고리를 굳히려고 애썼던
맨 처음 그때처럼

고통과 실망을 치유할 수 있도록
한번 더 노력하며
그렇게 내게 와주세요.

그대가 나를 향해 절반만 와준다면,
나는 절반보다 더 많이 달려가
그대를 기다릴 거예요.

팀 코너

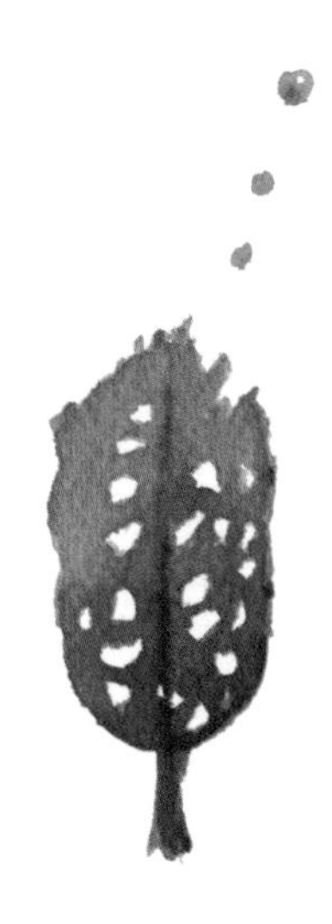

내게 사랑하는 사람이 되어준 그대에게 마음 깊이 감사드려요

그대를 사랑하면 할수록
점점 더 민감해지는 나를 느껴요.
아무런 이유도 없이
너무 쉽게 상처받는 나 자신을 보게 되죠.

가끔은 너무 사소한 그대의 행동에도
난 문득 소외감이 느껴져
무시당했다고 믿어버려요.
공연히 그대에게 차갑게 대하지만
사실은 내가 상처받았기 때문이죠.

그럴 땐 그대가 나를 좀 견뎌주세요.
그대에게 부담을 주려는 게
아니란 걸 이해해주세요.
나를 상처받기 쉬운 사람으로 만든 건
그대에 대한 나의 사랑.

쉽게 마음을 다치고 싶지 않지만,
사랑은 내 마음을 온통 열어
나 자신과 다른 사람을 바라보는
새로운 눈을 뜨게 해주었죠.

전에는 알지 못했던
깊은 감정을 일깨워준
그대에게 감사드려요.
아름답고 강렬한
이 모든 사랑의 감정을
품을 수 있도록,
내게 사랑하는 사람이 되어준 그대에게
마음 깊이 감사드려요.

수잔 폴리스 슈츠

연인을 대하듯 친구가 돼주세요

우리 두 사람이
서로의 생활을 인정할 만큼
여유 있는 관계를 만들어가도록
천천히 다가가기로 해요.

사랑을 나누더라도
두 사람 모두 완벽할 순 없다는 걸
이해하기로 해요.
우리 둘 다 나약한 인간이니까요.

애쓰다가 많이 지치더라도
함께 꿈을 쫓을 수 있도록
서로를 격려하기로 해요.

각자가 서로에게 줄 수 있는
최선을 기대하며 살다가
더 이상 기대할 게 없어지더라도
여전히 사랑하기로 해요.

각자의 개성을 존중하는 친구로서
서로에게 성장할 여유를 주기로 해요.
서로에게 솔직하고
장점과 단점을
스스럼없이 지적해주기로 해요.

비록 동의할 순 없더라도
서로의 인생관을
이해하기로 해요.

연인의 몫만큼
서로에게 친구가 돼주기로 해요.

데니스 브랙스턴-브라운

세번째이야기

그대를 사랑하는 것처럼 누군가를 사랑하는 일은 결코 없을 거예요

언제나 내가 생각하는 사람은 그대이고

언제나 내가 그리워하는 사람도 그대입니다.

내가 사랑하는 사람은 오직 그대뿐이기에

내 가슴속엔 언제나 그대가 자리할 겁니다.

내게 있어 사랑은 영원을 의미합니다.

우린 해낼 수 있다는 걸 알아요

그대와 나의 가장 소중한 희망이
이루어지기를 바라는 만큼
이토록 간절하게 뭔가를 소원한 적이 없어요.

앞으로 몇 년 뒤,
더없이 행복한 모습으로
서로에 대한 깊은 이해를 나누고
함께 성장하며

두 사람이 다정하게
함께 있는 모습이 마음에 그려져요.

우리가 노력한다면
해낼 수 있으리란 걸
내 꿈과 희망은 알고 있어요.

누구보다 내가 잘 알고 있으니까요.

칼 조던

둘이 함께라면 행복한 일생을 가꿀 수 있어요

우리 두 사람은
진지한 약속과 신성한 믿음이 주는
기쁨을 함께 나누죠.
우린 서로에게
가장 소중한 사랑의 선물을 주었어요.
맨 처음 사랑이 싹틀 때처럼
정직한 마음으로
소중하게 가꾸고 키워나가기로 해요.
우린 진기하고 아름다운 것을
나눈 사람들이잖아요.
언제나 진실을 말하고
진지하게 귀를 기울여야 해요.
서로의 생각과 의도를
제대로 이해할 수 있도록.
함께 이룬 것들을 소중히 나누어
서로에게 용기를 북돋워주기로 해요.
둘 사이의 온기를 지킬 수 있도록
'사랑한다'는 고백을 자주 해야 한답니다.
많이 웃기도 해야죠.

화가 났을 때에도,
우린 서로에게 최고의 친구란 걸
기억하기로 해요.
언제나 함께,
그리고 서로를 위해 곁에 서 있기로 해요.
마음과 영혼으로
서로에게 만족하기로 해요.
매일 매일을 우리 꿈을 이루는
축복으로 만들어갈 수 있도록.

윌리엄 스콧 갤러소

가끔 그대에게 지나치게 매달리는 건
단지 그대를 너무 사랑하기 때문이에요

만일 내가 그대의 시간을
너무 많이 빼앗는다면
그건 당신의 존재가
내게 너무나 큰 기쁨을 주기 때문이에요.

내가 그대를 너무 많이 걱정하는 건
내가 진정 사랑하는 한 사람을
잃게 될까 두렵기 때문이에요.

다른 사람과 그대를 나누지 않으려는 건
내 마음이 오직 당신과
함께하고 싶기 때문이죠.

내 눈엔 당신밖에 보이지 않고
내 마음엔 다른 사람을 위한 공간이 없어요.
모든 것이 당신을 너무나 사랑하기 때문이죠.

낸시 A. 프런티

우리 둘이 좀더 많은 시간을 함께하길 바라요, 단둘이서만

우리 둘만이 함께하는 시간이
내게는 너무나 소중하답니다.
그런 시간을 갖지 못하면 외롭다는 느낌이
내 인생을 온통 휘감는 것 같아요.

당신은 내가 늘 같이 있고 싶으면서도,
결코 질리지 않는 단 한 사람이에요.
우리 둘만을 위해 갖는 시간은
우리의 사랑을 새로운 차원으로 이끌어주고,
우리 둘 사이의 친밀함을 더욱더 깊게 해주죠.
우리만의 특별한 시간이 없으면,
내 인생은 텅 빈 껍데기처럼 공허하고
내 마음은 나약하고 외로워져요.

당신과 함께하는 시간이 행복한 만큼,
우리가 나누는 모든 것이 없는 세상은
상상할 수도 없답니다.

린다 새킷-모리슨

가끔은 그저 그대의 따뜻한 말 한마디를 듣고 싶어요

가끔은 그저 그대의 따뜻한 말
한마디를 듣고 싶어요

'나를 좋아한다'는 그대의 말 한마디는,
나를 이해하기 위해서라면
언제고 무슨 일이든 하겠다는 의미로 들려요.

결코 내게 상처를 주지 않겠다는 의미.
내가 그대를 믿을 수 있다는 의미.

무엇이 잘못되었든
그대에게 솔직히 말할 수 있다는 의미.

어떤 단점이라도
할 수 있는 데까지 최선을 다해 고치겠다는 의미.

내가 필요로 할 때
곁에서 귀기울여주겠다는 의미.

내가 가장 힘겨워하는 순간에도
내가 한마디만 하면,
나와 마주 잡은 손을 절대 놓지 않고
내 곁에 있어주겠다는 의미.

미소를 머금었거나
눈물을 그렁이거나 상관없이
내가 언제 무슨 말을 하든
그대는 온 마음을 열고
내 얘기를 들어주겠다는 의미로 말이에요.

크리스 갤러틴

좀더 자주, 좀더 자주

오늘을 시작하며,
좀더 자주 그대를 포옹하고,
좀더 자주 그대에게 키스하며,
좀더 자주 그대를 어루만지고,
좀더 자주 그대와 얘기를 나누겠다고 다짐해요.

오늘을 시작하며,
무엇보다도 제일 먼저,
좀더 자주 그대에게 고백할래요.
내가 얼마나 그대를 사랑하는지.

베스 페이건 퀸

서로가 다른 우리 두 사람,
그걸 바꾸려 들지는 말아요

서로의 차이를 줄이려는 노력 대신
차라리 넓히려고 노력해봐요.
당신은 이걸 더 잘하고
난 저걸 더 잘한다는 사실을 부정하는 대신
각자의 특기를 최대한 활용하고
서로의 약점을 인정하기로 해요.
그래야 약점을 함께 극복하고
장점을 살려낼 수 있죠.

대부분의 남자는 공간적인 기술에 뛰어나고
대부분의 여자는 언변이 좋다는 걸 인정하자구요.
남자는 대개 사물에 좀더 애착이 있고,
여자는 대개 사람에 더 애착을 갖는다는 사실을
받아들일 수 있어야겠죠.
남자는 기계와 친하고
여자는 손으로 하는 일에 능숙하죠.
남자들은 문제해결에 뛰어나고
여자들은 정보파악에 빠르죠.
난 우리의 차이점이 좋아요.

당신이 앞마당에 쌓인 눈을 치울 때
나는 따끈한 수프를 준비할게요.
당신이 밤에 운전을 하면
난 당신의 잠을 깨워줄게요.
당신이 여행가방을 옮기면
난 카운터에서 수속을 밟을게요.
당신이 우리 세금을 계산하는 동안
난 우리 예산을 짤 거예요.
당신이 진공청소기를 돌리면
난 먼지를 털죠.
당신이 이불을 터는 동안
난 화분에 물을 줄게요.
당신은 양파를 자르고
난 소스를 만들죠.
당신은 내가 적은 목록을 들고
쇼핑을 가요.
당신은 내게 책을 사주고
나는 당신에게 셔츠를 사주죠.

당신은 세상의 아픔을 치유할 방법을 알고
난 당신의 아픔을 치유할 방법을 알아요.
당신은 아이에게 뭘 시켜야 하는지 알고
난 아이 기분이 어떤지 알죠.
당신은 추운 겨울 눈길 운전하는 법을 알고
난 당신이 목도리를 하고 나가야 한다는 걸 알아요.
당신은 나를 얼마나 사랑하는지 행동으로 보여주고
난 그걸 말로 표현하죠.
당신이 잘하는 걸 나는 당신만큼 해낼 수 없고
당신도 내가 잘하는 걸 나만큼 해내진 못하지만
난 내 모습 그대로가 좋고
당신도 당신 그대로가 좋아요.

나타샤 조세포위츠

늘 쉬운 일은 아닙니다

서로를 위해
서로가 원하는 사람이 되는 건
언제나 쉬운 일이 아니죠.
매일 매일 똑같은 느낌으로
견디는 대신,
새로운 방향으로
둘의 관계를 끊임없이 키워나가는 건
때로 몹시 어려울 거예요.
가끔은 서로의 감정을 이해하는 데
많이 힘들어하겠죠.
둘의 관계가 어떤 의미인지
각자 개인으로서 어떻게 성취감을 얻어야 하는지
더 좋은 결합을 위해서
둘이 함께 어떤 노력을 기울여야 하는지.

언제나 쉽지만은 않을 거예요.

하지만 중요한 건
우리가 노력한다는 것.

물론 의구심도 생겨날 거예요.
하지만 우리가 함께
그 해답을 찾아가는 데 의미가 있죠.
내 생각엔, 그것이 우리에게
두 번째로 소중한 의미예요.

첫번째로 소중한 건,
당신이 변함없이 나를 믿어주는 것.
언제나 내가 당신을 믿고 있듯이.

그것이 바로 사랑의 방법이랍니다.
나는 정말 당신을 사랑해요.

에일린 오스틴

결코 당신이 변하길 원하진 않아요

가끔은 당신이
내 일부분인 것만 같아서
당신만의 과거와 미래가 있는
독특한 개성을 가진 한 인간이라는 걸
잊을 때가 있어요.
나도 당신의 인생에 끼어들고 싶지만
그건 단지 일부분일 뿐
전부는 될 수 없다는 걸 알아요.

당신을 당신이게 만드는
혼자만의 추억과 느낌이
간직되어 있다는 걸 알아요.
그걸 바꾸려 든다면,
당신을 바꾸는 거겠죠.
둘이 함께 노력해야 할 부분이
있긴 하지만
난 지금 모습 그대로의 당신과
사랑에 빠졌다는 걸 알아주세요.

가끔은 내가 당신의 인생을 지휘하거나
당신을 변화시키거나
내 방식대로 당신이 살아가길
원하는 것처럼 보일지 몰라도,
결국 내가 당신에게 원하는 것은
당신이 스스로에게 진실한 것뿐이에요.
난 당신이
자유로운 한 개인이길 원해요.
난 당신 스스로 당신 인생을
나와 함께 나누겠다고 말해주길
바라는 거예요.

바바라 케이지

영원한 사랑을 위한 맹세

지금 그대 모습 그대로를 존중하기에
그대에게 완벽함을 바라지는 않아요.
그대도 나처럼 한 인간이기에
때론 실패할 때도 있다는 걸 이해해요.
그대가 한 개인이라는 걸 알기에
그대의 모든 비밀을 알려 하지 않겠어요.
그대 혼자만의 희망과 꿈이 있다는 걸
이해하기에
내 모든 요구를 들어주길 바라진 않을게요.
그대가 지금까지 얼마나 먼길을 왔는지 알기에
그대의 힘을 의심하지 않을 거예요.
그대가 모든 짐을 혼자 짊어지길
기대하지 않아요.
그대와 함께 모든 일을 겪어나갈
내가 여기 곁에 있으니까요.
그대도 때론 나처럼
확신 없이 흔들릴 때도 있다는 걸 알기에
그대가 모든 해답을 갖고 있길 바라진 않아요.

내가 바라는 건 그저
그대가 힘과 웃음이 필요할 때
옆에 있어주는 친구가
나였으면 하는 것과,
그대의 꿈과 미래가 실현될 때
그대의 파트너가
나였으면 하는 것과,
그대가 바깥 세상을
모두 잊어버려야 할 때
그대에게 위안을 주는 사람이
나였으면 하는 것과,
내가 얼마나 그대를 사랑하는지
늘 기억해달라는 것뿐이랍니다.

제니퍼 넬슨-펜워

그대를 사랑하는 것처럼
누군가를 사랑하는 일은 결코 없을 거예요

그대를 사랑하면서,
나는 많은 것을 경험했습니다.
행복과 아픔,
영원이라는 느낌,
그대와 함께하며,
그대를 사랑하고 싶은 욕망까지도.
그 모든 것은
여기 내 안에 있습니다.

언제나 내가 생각하는 사람은
그대이고
언제나 내가 그리워하는 사람도
그대입니다.
내가 사랑하는 사람은
오직 그대뿐이기에
내 가슴속엔 언제나
그대가 자리할 겁니다.
내게 있어 사랑은
영원을 의미합니다.

그 누구도 그대의 자리를 대신하거나
그대만큼 나를 잘 알지는
못할 거예요.

그대는 언제나
내 생각과 마음속 깊은 감정을
알고 있잖아요.
그대를 사랑하는 것처럼
누군가를 사랑하는 일은
결코 없을 거예요.

제럴린 다진

내가 원하는 건 언제나 당신을 사랑하는 것뿐입니다

진정 내가 어떻게 느끼는지
가끔은 당신이 이해하기 힘들다는 걸 알아요.
때론 내가 당신 주변에서
가장 사랑스러운 사람으로 느껴질 거예요.
그러다 때론 당신에게
전혀 관심 없는 것처럼 보이겠죠.
하지만 내 마음 깊은 곳을
자세히 들여다보면,
내가 원하는 건
당신을 영원히 아끼고
사랑하는 것뿐이라는 걸
알게 될 거예요.
행복과 비탄 속에서도
당신은 언제나 나의 인생과 희망
내가 이루어내는 소중한 꿈
내 인생의 길고 긴 여행길에
나는 언제나 당신을 사랑할 거예요.

레트 D. 킴블

사랑을 위한 약속

사랑은
이 세상에서 가장 강하고
가장 충만한 감정입니다.

사랑은
당신의 목표와 욕망과 경험을
나누어줍니다.
사랑은 당신의 인생을
누군가에게 나누어주지요.

사랑은 언제나 당신을 지지해줄
누군가와 함께 있을 수 있도록 배려해줍니다.
사랑은 당신을 이해해주는 누군가에게
가장 깊은 속마음을 털어놓게 합니다.

사랑은 부드럽고 따뜻한 감정과
외로움을 모르는 충만함을
느끼게 해주지요.

그리고 무엇보다
사랑은 완벽함을 느끼게 해줍니다.
하지만 성공적인 사랑의 관계를 맺기 위해서는
사랑에 대고, 서로를 걸고
굳은 약속을 해야만 해요.
그리고 그 약속을 지켜나가기 위해
몸과 마음에서 우러나오는
모든 노력을 아끼지 않아야 하죠.

다른 사람이 당신으로 인해 행복해지거나
당신을 이해해주기 전에,
당신은 스스로에게 행복을 느끼고
스스로를 이해해야만 합니다.

당신은 언제나 스스로에게
그리고 서로에게 정직해야 하고
어떤 느낌도 감추어서는 안 되죠.
서로를 있는 그대로 받아들여야지
서로를 변화시키려 해서도 안 돼요.

한 사람의 개인으로 자유롭게 성장하면서도
당신의 인생을 상대방과 나누되,
서로에게 의지해 자신의 인생을 살아가서는 안 됩니다.
자신만의 원칙과 도덕을 지키며,
사회가 원하는 대로 무작정 따라서는 안 되죠.

남성과 여성은 동등하다는 철학을 굳게 믿으며,
어떤 경우에도 상대를 깔보면 안 돼요.

성공적인 사랑의 관계를 맺기 위해서는
서로의 마음에 언제나 함께 존재하되,
행동도 언제나 함께할 필요는 없답니다.

서로에 대해, 두 사람의 사랑에 대해
자랑스러워해야 하지만
자신의 섬세한 감정을 보여주는 걸
부끄러워해서는 안 되죠.

둘이 함께 보내는 매일 매일을 특별하게 여겨야 하고
상대방이나 자신의 사랑을
당연하게 여겨서는 안 돼요.
매일 서로 대화를 나누는 시간을 가져야 해요.
바깥일로 너무 바빠지거나, 너무 피곤해져
서로에게 소홀해지면 안 되죠.
늘 서로의 기분과 느낌을 이해하도록 노력하고
의도적으로 상대에게 상처를 주어서는 안 돼요.
하지만 가끔 좌절감 때문에 서로를 탓했을 때는
그것이 개인적인 공격이 아니었다는 것을
두 사람 모두 깨달아야겠죠.
서로에게 정열적이어야지
상대에게 싫증을 내면 곤란해요.
서로에게 끊임없이 즐거운 자극을 안겨주고,
새로운 것을 시도하길 두려워해선 안 되죠.
언제나 두 사람의 사랑과 관계를 위해 노력하고,
두 사람의 관계가 얼마나 중요한지,
사랑이 없다면 어떤 느낌일지
잊지 않도록 노력해야 합니다.

사랑은
이 세상에서 가장 강하고
가장 충만한 감정입니다.
사랑을 위한 약속대로 살아간다면
소중한 깨달음 속에서
당신의 꿈을 실현하며
살아가게 될 거예요.

수잔 폴리스 슈츠

우리 사이의 문제 해결법

당신과 나,
우린 문제 없을 거예요.

가끔씩 한 번은 누구나
힘겨운 시기를 거치기 마련이죠.
지금 그대로의 마음을
지켜내긴 힘들겠지만,
사람들이 성장하고 강해지는 건
바로 그런 힘겨운 시기 때문이랍니다.

우린 교훈을 배우게 되겠죠.
가장 중요한 것은
모든 문제가 서로의 대화에
달려 있다는 거예요.
마음을 열고 서로에게
자신을 털어놓는 것이 중요하답니다.
무슨 얘기든 상관없어요.
문제가 생겨나면 서로를 외면하지 말고
서로를 마주봐야 해요.

또 다른 교훈은
변화가 그리 나쁘지만은 않다는 거예요.
때론 변화가 최선의 길일 수도 있답니다.
모든 사람의 인생에 몇 번씩 찾아드는
피할 수 없는 변화를
슬기롭게 대처하는 방법을 배우는 것이 중요하죠.

인내심과 믿음을 갖고,
우리가 오랫동안 엮어온 사랑의 힘만 있으면
우리는 강해질 수 있어요.
마음을 열고 대화를 나누다보면
전에는 미처 몰랐던 서로에 대해
많은 것을 알게 되죠.

우리는 서로를 외면하지 않고
서로를 향해 마주볼 수 있어요.

우리는 무슨 일이든 해결할 수 있을 테고,
그러니 우린 아무 문제 없을 거예요.

크리스 갤러틴

난 늘 당신 곁으로 되돌아가요

지금껏 우리가 겪은 모든 일을 돌아보면,
참 많은 걸 배운 것 같아요.
누가 먼저 말을 건넬지
서로 고집을 부려선 안 된다는 것까지 말이에요.
이젠 더 이상 상관없는 일이죠.

하지만 고난을 헤쳐가며 살다보면
다시 제자리로 돌아갈 때가 있어요.
가끔은 둘 사이가
아주 멀게만 느껴질 때도 있죠.
그래도 난 당신을 너무나 사랑하고,
아무리 힘겨워도
난 늘 당신 곁으로 되돌아가요.

베스 닐슨 채프먼과 빌 로이드가 부른

〈난 늘 당신 곁으로 되돌아가요 I Keep Coming Back to You〉의 가사 일부

옮긴이의 말

요즘 사랑은 너무 흔하다 못해 발 밑에서 차이는 느낌이다.
너도나도 사랑을 외치지만, 그 가운데 가슴 시리도록 진실된 사랑이 과연 얼마나 될까 공연한 안타까움이 슬며시 치밀어 온다. 지나치게 흔해지고 가벼워진 단어의 느낌 때문에, 누군가를 향한 너무나도 보배롭고 아름답고 애틋한 감정을, 남들처럼 그저 '사랑'이라 말하기가 왠지 꺼려지지만, 아무리 머리를 짜내어도 도통 다른 말을 생각해낼 수가 없다.
우리 인간에게 사랑이란 다른 어떤 말로도 대신할 수 없는 절대적인 감정이기 때문이리라.

우리는 늘 영원한 사랑을 꿈꾼다. 일생에 단 한 번 찾아올까 말까 한 진실한 사랑이 목숨 다하는 날까지 지속되기를 바라며, 우리는 또 불안해진다. 모든 것이 너무 쉽게 시작되고, 또 쉽게 잊혀지는 이 세상과 흔들리기 쉬운 인간의 간사한 마음을 탓하고 두려워하면서. 하지만 기적처럼 찾아온 소중한 사랑의 감정을 보물처럼 지켜나가려는 노력을 게을리 할 순 없다.

여기, 그리움으로 다가온 감미로운 사랑을 영원히 지키려는 두 사람을 위한, 그리고 영원한 사랑을 꿈꾸며 기다리는 사람을 위한 사랑의 언어들이 담긴 시집이 조심스레 선을 보인다. 우리말로 옮기는 동안 내내 마음을 따뜻하게 만들어주었던 사랑의 감동이 읽는 분들에게도 고스란히 전달되기를 바랄 뿐이다.

2000년 겨울

변용란

옮긴이 변용란

건국대학교 영어영문학과와 연세대학교 영어영문학과 대학원을 졸업하고 현재 전문 번역가로 활동 중이다. 옮긴 책에 《내가 얼마나 당신을 사랑하는지 당신은 알지 못합니다 4》, 《스무 살이 넘어 다시 읽는 동화》, 《작은 이야기 큰 행복》, 《물빛 안개 속으로》, 《그리운 나무 그늘》, 《하얀 흔적》, 《한없이 투명한 사랑》 등이 있다.

내가 얼마나 당신을 사랑하는지 당신은 알지 못합니다 3

1판 1쇄 발행일 | 2000년 12월 7일
2판 1쇄 발행일 | 2003년 10월 5일
2판 2쇄 발행일 | 2004년 4월 15일

엮은이 | 수잔 폴리스 슈츠
옮긴이 | 변용란
펴낸이 | 최순철
펴낸곳 | 오늘의책

오늘의책 사람들
편집부 | 박선영, 이효선, 이정현
디자인부 | 이현주, 김명진
마케팅사업부 | 이재승, 최만석, 이광택
총무부 | 이승선, 한상희, 유은주

주소 | 서울시 마포구 서교동 452-10호
전화 | 322-4595~6 팩스 | 322-4597
전자우편 | tobook@unitel.co.kr
홈페이지 | www.todaybook.co.kr
출판등록 | 1996년 5월 25일 (제10-1293호)

ISBN 89-7718-218-2 04840
89-7718-221-2 (세트)

값 6,000원

잘못된 책은 바꾸어드립니다.